Todos los libros de Linkgua Ediciones cuentan con modelos de Inteligencia Artificial entrenados por hispanistas. Pregúntale al chat de tu libro lo que desees acerca de la obra o su autor/a.

Para ebooks: Accede a nuestro modelo de IA a través de este enlace.

Para libros impresos: Escanea el código QR de la portada con tu dispositivo móvil.

Obtén análisis detallados de nuestros libros, resúmenes, respuestas a tus preguntas y accede a nuestras ediciones críticas generativas para una experiencia de lectura más enriquecedora.
La transparencia y el respeto hacia la autoría de las fuentes utilizadas son distintivos básicos de nuestro proyecto. Por ello, las respuestas ofrecen, mediante un sistema de citas, las fuentes con las que han sido elaboradas.

Miguel de Cervantes Saavedra

El viejo celoso

Barcelona 2024
Linkgua-ediciones.com

Créditos

Título original: El viejo celoso.

e-mail: info@linkgua.com

Diseño de cubierta: Michel Mallard.

ISBN rústica ilustrada: 9788411269995.
ISBN rústica: 9788498163711.
ISBN ebook: 9788499531243.

Sumario

Brevísima presentación

La vida

Miguel de Cervantes Saavedra (Alcalá de Henares, 1547-Madrid, 1616). España.

Era hijo de un cirujano, Rodrigo Cervantes, y de Leonor de Cortina. Se sabe muy poco de su infancia y adolescencia. Aunque se ha confirmado que era el cuarto entre siete hermanos. Las primeras noticias que se tienen de Cervantes son de su etapa de estudiante, en Madrid.

A los veintidós años se fue a Italia, para acompañar al cardenal Acquaviva. En 1571 participó en la batalla de Lepanto, donde sufrió heridas en el pecho y la mano izquierda. Y aunque su brazo quedó inutilizado, combatió después en Corfú, Ambarino y Túnez.

En 1584 se casó con Catalina de Palacios, no fue un matrimonio afortunado. Tres años más tarde, en 1587, se trasladó a Sevilla y fue comisario de abastos. En esa ciudad sufrió cárcel varias veces por sus problemas económicos. y hacia 1603 o 1604 se fue a Valladolid, allí también fue a prisión, esta vez acusado de un asesinato. Desde 1606, tras la publicación del Quijote, fue reconocido como un escritor famoso y vivió en Madrid.

Cierto día el viejo celoso olvida pasar la llave de su casa y Lorenza, su mujer infiel, sale a la calle y habla con Hortigosa, su vecina. Los diálogos entre Lorenza su vecina y su criada ridiculizan en extremo al esposo en lo que puede ser considerado una variante teatral de la novela *El celoso extremeño*.

La escena del engaño de este célebre entremés es una de las más irónicas del teatro de español del siglo XVII y sucede ante las narices del propio esposo.

El viejo celoso

Personajes

Alguacil
Cañizares
Compadre
Cristina
Doña Lorenza
Hortigosa
Justicia
Músicos

El viejo celoso

(Salen Doña Lorenza y Cristina, su criada, y Hortigosa, su vecina.)

Doña Lorenza — Milagro ha sido éste, señora Hortigosa, el no haber dado la vuelta a la llave mi duelo, mi yugo y mi desesperación. Éste es el primero día, después que me casé con él, que hablo con persona de fuera de casa; que fuera le vea yo desta vida a él y a quien con él me casó.

Hortigosa — Ande, mi señora doña Lorenza, no se queje tanto; que con una caldera vieja se compra otra nueva.

Doña Lorenza — Y aun con esos y otros semejantes villancicos o refranes me engañaron a mí; que malditos sean sus dineros, fuera de las cruces; malditas sus joyas, malditas sus galas, y maldito todo cuanto me da y promete. ¿De qué me sirve a mí todo aquesto, si en mitad de la riqueza estoy pobre, y en medio de la abundancia con hambre?

Cristina — En verdad, señora tía, que tienes razón; que más quisiera yo andar con un trapo atrás y otro adelante, y tener un marido mozo, que verme casada y enlodada con ese viejo podrido que tomaste por esposo.

Doña Lorenza ¿Yo le tomé, sobrina? A la fe, diómele quien pudo; y yo, como muchacha, fui más presta al obedecer que al contradecir; pero, si yo tuviera tanta experiencia destas cosas, antes me tarazara la lengua con los dientes que pronunciar aquel sí, que se pronuncia con dos letras y da que llorar dos mil años; pero yo imagino que no fue otra cosa sino que había de ser ésta, y que, las que han de suceder forzosamente, no hay prevención ni diligencia humana que las prevenga.

Cristina ¡Jesús y del mal viejo! Toda la noche: «Daca el orinal, toma el orinal; levántate, Cristinica, y caliéntame unos paños, que me muero de la ijada; dame aquellos juncos, que me fatiga la piedra». Con más ungüentos y medicinas en el aposento que si fuera una botica; y yo, que apenas sé vestirme, tengo de servirle de enfermera. ¡Pux, pux, pux, viejo clueco, tan potroso como celoso, y el más celoso del mundo!

Doña Lorenza Dice la verdad mi sobrina.

Cristina ¡Pluguiera a Dios que nunca yo la dijera en esto!

Hortigosa Ahora bien, señora doña Lorenza, vuesa merced haga lo que le tengo aconsejado, y verá cómo se halla muy bien con mi consejo. El mozo es como un ginjo verde; quiere bien, sabe callar y agradecer lo que por él se hace; y, pues los celos y el recato del viejo no nos dan lugar a demandas ni a respuestas, resolución y buen ánimo: que, por la orden que hemos dado, yo le pondré al galán en su aposento de vuesa merced y le sacaré, si bien tuviese el viejo más ojos que Argos y viese más que un zahorí, que dicen que ve siete estados debajo de la tierra.

Doña Lorenza — Como soy primeriza, estoy temerosa, y no querría, a trueco del gusto, poner a riesgo la honra.

Cristina — Eso me parece, señora tía, a lo del cantar de Gómez Arias:

Señor Gómez Arias,
doleos de mí;
soy niña y muchacha,
nunca en tal me vi.

Doña Lorenza — Algún espíritu malo debe de hablar en ti, sobrina, según las cosas que dices.

Cristina — Yo no sé quién habla; pero yo sé que haría todo aquello que la señora Hortigosa ha dicho, sin faltar punto.

Doña Lorenza — ¿Y la honra, sobrina?

Cristina — ¿Y el holgarnos, tía?

Doña Lorenza — ¿Y si se sabe?

Cristina — ¿Y si no se sabe?

Doña Lorenza ¿Y quién me asegurará a mí que no se sepa?

Hortigosa ¿Quién? La buena diligencia, la sagacidad, la industria; y, sobre todo, el buen ánimo y mis trazas.

Cristina Mire, señora Hortigosa, tráyanosle galán, limpio, desenvuelto, un poco atrevido, y, sobre todo, mozo.

Hortigosa Todas esas partes tiene el que he propuesto, y otras dos más: que es rico y liberal.

Doña Lorenza Que no quiero riquezas, señora Hortigosa; que me sobran las joyas, y me ponen en confusión las diferencias de colores de mis muchos vestidos; hasta eso no tengo que desear, que Dios le dé salud a Cañizares: más vestida me tiene que un palmito, y con más joyas que la vedriera de un platero rico. No me clavara él las ventanas, cerrara las puertas, visitara a todas horas la casa, desterrara della los gatos y los perros, solamente porque tienen nombre de varón; que, a trueco de que no hiciera esto, y otras cosas no vistas en materia de recato, yo le perdonara sus dádivas y mercedes.

Hortigosa ¿Que tan celoso es?

Doña Lorenza Digo que le vendían el otro día una tapicería a bonísimo precio, y por ser de figuras no la quiso, y compró otra de verduras por mayor precio, aunque no era tan buena. Siete puertas hay antes que se llegue a mi aposento, fuera de la puerta de la calle, y todas se cierran con llave; y las llaves no me ha sido posible averiguar dónde las esconde de noche.

Cristina — Tía, la llave de loba creo que se la pone entre las faldas de la camisa.

Doña Lorenza — No lo creas, sobrina; que yo duermo con él, y jamás le he visto ni sentido que tenga llave alguna.

Cristina — Y más, que toda la noche anda como trasgo por toda la casa; y si acaso dan alguna música en la calle, les tira de pedradas porque se vayan: es un malo, es un brujo; es un viejo, que no tengo más que decir.

Doña Lorenza — Señora Hortigosa, váyase, no venga el gruñidor y la halle conmigo, que sería echarlo a perder todo; y lo que ha de hacer, hágalo luego; que estoy tan aburrida, que no me falta sino echarme una soga al cuello, por salir de tan mala vida.

Hortigosa — Quizá con esta que ahora se comenzará, se le quitará toda esa mala gana y le vendrá otra más saludable y que más la contente.

Cristina — Así suceda, aunque me costase a mí un dedo de la mano: que quiero mucho a mi señora tía, y me muero de verla tan pensativa y angustiada en poder deste viejo y reviejo, y más que viejo; y no me puedo hartar de decille viejo.

Doña Lorenza — Pues en verdad que te quiere bien, Cristina.

Cristina — ¿Deja por eso de ser viejo? Cuanto más, que yo he oído decir que siempre los viejos son amigos de niñas.

Hortigosa — Así es la verdad, Cristina, y adiós, que, en acabando de comer, doy la vuelta. Vuesa merced esté muy en lo que dejamos concertado, y verá cómo salimos y entramos bien en ello.

Cristina — Señora Hortigosa, hágame merced de traerme a mí un frailecico pequeñito, con quien yo me huelgue.

Hortigosa — Yo se le traeré a la niña pintado.

Cristina — ¡Que no le quiero pintado, sino vivo, vivo, chiquito como unas perlas!

Doña Lorenza — ¿Y si lo ve tío?

Cristina — Diréle yo que es un duende, y tendrá dél miedo, y holgaréme yo.

Hortigosa — Digo que yo le trairé, y adiós.

(Vase Hortigosa.)

Cristina — Mire tía: si Hortigosa trae al galán y a mi frailecico, y si señor los viere, no tenemos más que hacer sino cogerle entre todos y ahogarle, y echarle en el pozo o enterrarle en la caballeriza.

Doña Lorenza — Tal eres tú, que creo lo harías mejor que lo dices.

Cristina — Pues no sea el viejo celoso, y déjenos vivir en paz, pues no le hacemos mal alguno, y vivimos como unas santas.

(Éntranse.)

(Entran Cañizares, viejo, y un compadre suyo.)

Cañizares — Señor compadre, señor compadre: el setentón que se casa con quince, o carece de entendimiento, o tiene gana de visitar el otro mundo lo más presto que le sea posible. Apenas me casé con doña Lorencica, pensando tener en ella compañía y regalo, y persona que se hallase en mi cabecera, y me cerrase los ojos al tiempo de mi muerte, cuando me embistieron una turbamulta de trabajos y desasosiegos; tenía casa, y busqué casar; estaba posado, y desposéme.

Compadre — Compadre, error fue, pero no muy grande; porque, según el dicho del Apóstol, mejor es casarse que abrasarse.

Cañizares ¡Que no había que abrasar en mí, señor compadre, que con la menor llamarada quedara hecho ceniza! Compañía quise, compañía busqué, compañía hallé, pero Dios lo remedie, por quién Él es.

Compadre ¿Tiene celos, señor compadre?

Cañizares Del Sol que mira a Lorencita, del aire que le toca, de las faldas que la vapulan.

Compadre ¿Dale ocasión?

Cañizares Ni por pienso, ni tiene por qué, ni cómo, ni cuándo, ni adónde: las ventanas, amén de estar con llave, las guarnecen rejas y celosías; las puertas jamás se abren; vecina no atraviesa mis umbrales, ni los atravesará mientras Dios me diere vida. Mirad, compadre: no les vienen los malos aires a las mujeres de ir a los jubileos ni a las procesiones, ni a todos los actos de regocijos públicos; donde ellas se mancan, donde ellas se estropean y adonde ellas se dañan, es en casa de las vecinas y de las amigas; más maldades encubre una mala amiga, que la capa de la noche; más conciertos se hacen en su casa y más se concluyen, que en una semblea.

Compadre Yo así lo creo; pero si la señora doña Lorenza no sale de casa, ni nadie entra en la suya, ¿de qué vive descontento mi compadre?

Cañizares — De que no pasará mucho tiempo en que no caiga Lorencica en lo que le falta; que será un mal caso, y tan malo, que en solo pensallo le temo, y de temerle me desespero, y de desesperarme vivo con disgusto.

Compadre — Y con razón se puede tener ese temer, porque las mujeres querrían gozar enteros los frutos del matrimonio.

Cañizares — La mía los goza doblados.

Compadre — Ahí está el daño, señor compadre.

Cañizares — No, no, ni por pienso; porque es más simple Lorencica que una paloma, y hasta agora no entiende nada desas filaterías; y adiós, señor compadre, que me quiero entrar en casa.

Compadre — Yo quiero entrar allá, y ver a mi señora doña Lorenza.

Cañizares — Habéis de saber, compadre, que los antiguos latinos usaban de un refrán, que decía: Amicus usque ad aras, que quiere decir: «El amigo, hasta el altar»; infiriendo que el amigo ha de hacer por su amigo todo aquello que no fuere contra Dios; y yo digo que mi amigo, usque ad portam, hasta la puerta; que ninguno ha de pasar mis quicios; y adiós, señor compadre, y perdóneme.

(Éntrase Cañizares.)

Compadre — En mi vida he visto hombre más recatado, ni más celoso, ni más impertinente; pero éste es de aquellos que traen la soga arrastrando, y de los que siempre vienen a morir del mal que temen.

(Éntrase el compadre.)

(Salen Doña Lorenza y Cristinica.)

Cristina — Tía, mucho tarda tío, y más tarda Hortigosa.

Doña Lorenza — Mas, que nunca él acá viniese, ni ella tampoco; porque él me enfada y ella me tiene confusa.

Cristina — Todo es probar, señora tía; y, cuando no saliere bien, darle del codo.

Doña Lorenza — ¡Ay, sobrina! Que estas cosas, o yo sé poco o sé que todo el daño está en probarlas.

Cristina — A fe, señora tía, que tiene poco ánimo, y que, si yo fuera de su edad, que no me espantaran hombres armados.

Doña Lorenza — Otra vez torno a decir, y diré cien mil veces, que Satanás habla en tu boca; mas ¡ay! ¿Cómo se ha entrado señor?

Cristina — Debe de haber abierto con la llave maestra.

Doña Lorenza Encomiendo yo al diablo sus maestrías y sus llaves.

(Entra Cañizares.)

Cañizares ¿Con quién hablábades, doña Lorenza?

Doña Lorenza Con Cristinica hablaba.

Cañizares Miradlo bien, doña Lorenza.

Doña Lorenza Digo que hablaba con Cristinica: ¿con quién había de hablar? ¿Tengo yo, por ventura, con quién?

Cañizares No querría que tuviésedes algún soliloquio con vos misma, que redundase en mi perjuicio.

Doña Lorenza Ni entiendo esos circunloquios que decís, ni aun los quiero entender; y tengamos la fiesta en paz.

Cañizares Ni aun las vísperas no querría yo tener en guerra con vos; pero, ¿quién llama a aquella puerta con tanta prisa? Mira, Cristinica, quien es, y, si es pobre, dale limosna y des- pídele.

Cristina ¿Quién está ahí?

Hortigosa La vecina Hortigosa es, señora Cristina.

Cañizares ¿Hortigosa y vecina? Dios sea conmigo.

(Pregúntale, Cristina, lo que quiere, y dáselo, con condición que no atraviese esos umbrales.)

Cristina ¿Y qué quiere, señora vecina?

Cañizares El nombre de vecina me turba y sobresalta; llámala por su proprio nombre, Cristina.

Cristina Responda: y ¿qué quiere, señora Hortigosa?

Hortigosa Al señor Cañizares quiero suplicar un poco, en que me va la honra, la vida y el alma.

Cañizares Decidle, sobrina, a esa señora, que a mí me va todo eso y más en que no entre acá dentro.

Doña Lorenza ¡Jesús, y qué condición tan extravagante! ¿Aquí no estoy delante de vos? ¿Hanme de comer de ojo? ¿Hanme de llevar por los aires?

Cañizares ¡Entre con cien mil Bercebuyes, pues vos lo queréis!

Cristina Entre, señora vecina.

Cañizares ¡Nombre fatal para mí es el de vecina!

(Entra Hortigosa, y trae un guadamecí y en las pieles de las cuatro esquinas han de venir pintados Rodamonte, Mandricardo, Rugero y Gradaso; y Rodamonte venga pintado como arrebozado.)

Hortigosa — Señor mío de mi alma, movida y incitada de la buena fama de vuesa merced, de su gran caridad y de sus muchas limosnas, me he atrevido de venir a suplicar a vuesa merced me haga tanta merced, caridad y limosna y buena obra de comprarme este guadamecí, porque tengo un hijo preso por unas heridas que dio a un tundidor, y ha mandado la justicia que declare el cirujano, y no tengo con qué pagalle, y corre peligro no le echen otros embargos, que podrían ser muchos, a causa que es muy travieso mi hijo; y querría echarle hoy o mañana, si fuese posible, de la cárcel. La obra es buena, el guadamecí nuevo, y, con todo eso, le daré por lo que vuesa merced quisiere darme por él, que en más está la monta, y como esas cosas he perdido yo en esta vida. Tenga vuesa merced desa punta, señora mía, y descojámosle, porque no vea el señor Cañizares que hay engaño en mis palabras; alce más, señora mía, y mire cómo es bueno de caída, y las pinturas de los cuadros parece que están vivas.

(Al alzar y mostrar el guadamecí, entra por detrás dél un galán; y, como Cañizares ve los retratos, dice:)

Cañizares — ¡Oh, qué lindo Rodamonte! ¿Y qué quiere el señor rebozadito en mi casa? Aun si supiese que tan amigo soy yo destas cosas y destos rebocitos, espantarse ya.

Cristina — Señor tío, yo no sé nada de rebozados; y si él ha entrado en casa, la señora Hortigosa tiene la culpa; que a mí, el diablo me lleve si dije ni hice nada para que él entrase; no, en mi conciencia, aun el diablo sería si mi señor tío me echase a mí la culpa de su entrada.

Cañizares — Ya yo lo veo, sobrina, que la señora Hortigosa tiene la culpa; pero no hay de qué maravillarme, porque ella no sabe mi condición, ni cuán enemigo soy de aquestas pinturas.

Doña Lorenza — Por las pinturas lo dice, Cristinica, y no por otra cosa.

Cristina — Pues por esas digo yo. ¡Ay, Dios sea conmigo! Vuelto se me ha el ánima al cuerpo, que ya andaba por los aires.

Doña Lorenza — ¡Quemado vea yo ese pico de once varas! En fin, quien con muchachos se acuesta, etc.

Cristina — ¡Ay, desgraciada, y en qué peligro pudiera haber puesto toda esta baraja!

Cañizares — Señora Hortigosa, yo no soy amigo de figuras rebozadas ni por rebozar; tome este doblón, con el cual podrá remediar su necesidad, y váyase de mi casa lo más presto que pudiere, y ha de ser luego, y llévese su guadamecí.

Hortigosa — Viva vuesa merced más años que Matute el de Jerusalén, en vida de mi señora doña... no sé cómo se llama, a quien suplico me mande, que la serviré de noche y de día, con la vida y con el alma, que la debe de tener ella como la de una tortolica simple.

Cañizares — Señora Hortigosa, abrevie y váyase, y no se esté agora juzgando almas ajenas.

Hortigosa — Si vuesa merced hubiere menester algún pegadillo para la madre, téngolos milagrosos; y, si para mal de muelas, sé unas palabras que quitan el dolor como con la mano.

Cañizares — Abrevie, señora Hortigosa, que doña Lorenza, ni tiene madre, ni dolor de muelas; que todas las tiene sanas y enteras, que en su vida se ha sacado muela alguna.

Hortigosa — Ella se las sacará, placiendo al cielo, porque le dará muchos años de vida; y la vejez es la total destrucción de la dentadura.

Cañizares — ¡Aquí de Dios! ¿Que no será posible que me deje esta vecina? ¡Hortigosa, o diablo, o vecina, o lo que eres, vete con Dios y déjame en mi casa!

Hortigosa — Justa es la demanda, y vuesa merced no se enoje, que ya me voy.

(Vase Hortigosa.)

Cañizares ¡Oh vecinas, vecinas! Escaldado quedo aun de las buenas palabras desta vecina, por haber salido por boca de vecina.

Doña Lorenza Digo que tenéis condición de bárbaro y de salvaje; y ¿qué ha dicho esta vecina para que quedéis con la ojeriza contra ella? Todas vuestras buenas obras las hacéis en pecado mortal: dístesle dos docenas de reales, acompañados con otras dos docenas de injurias, ¡boca de lobo, lengua de escorpión y silo de malicias!

Cañizares No, no, a mal viento va esta parva; no me parece bien que volváis tanto por vuestra vecina.

Cristina Señora tía, éntrese allí dentro y desenójese, y deje a tío, que parece que está enojado.

Doña Lorenza Así lo haré, sobrina; y aun quizá no me verá la cara en estas dos horas; y a fe que yo se la dé a beber, por más que la rehuse.

(Éntrase Doña Lorenza.)

Cristina Tío, ¿no ve cómo ha cerrado de golpe? Y creo que va a buscar una tranca para asegurar la puerta.

(Doña Lorenza, por dentro.)

Doña Lorenza ¿Cristinica? ¿Cristinica?

Cristina ¿Qué quiere, tía?

Doña Lorenza ¡Si supieses qué galán me ha deparado la buena suerte! Mozo, bien dispuesto, pelinegro, y que le huele la boca a mil azahares.

Cristina ¡Jesús, y qué locuras y qué niñerías! ¿Está loca, tía?

Doña Lorenza No estoy sino en todo mi juicio; y en verdad que, si le vieses, que se te alegrase el alma.

Cristina ¡Jesús, y qué locuras y qué niñerías! Ríñala, tío, porque no se atreva, ni aun burlando, a decir deshonestidades.

Cañizares ¿Bobear, Lorenza? Pues a fe que no estoy yo de gracia para sufrir esas burlas.

Doña Lorenza Que no son sino veras, y tan veras, que en este género no pueden ser mayores.

Cristina ¡Jesús, y qué locuras y qué niñerías! Y dígame, tía, ¿está ahí también mi frailecito?

Doña Lorenza No, sobrina; pero otra vez vendrá si quiere Hortigosa, la vecina.

Cañizares Lorenza, di lo que quisieres, pero no tomes en tu boca el nombre de vecina, que me tiemblan las carnes en oírle.

Doña Lorenza También me tiemblan a mí por amor de la vecina.

Cristina — ¡Jesús, y qué locuras y qué niñerías!

Doña Lorenza — Ahora echo de ver quién eres, viejo maldito; que hasta aquí he vivido engañada contigo.

Cristina — Ríñala, tío, ríñala, tío; que se desvergüenza mucho.

Doña Lorenza — Lavar quiero a un galán las pocas barbas que tiene con una bacía llena de agua de ángeles, porque su cara es como la de un ángel pintado.

Cristina — ¡Jesús, y qué locuras y qué niñerías! Despedácela, tío.

Cañizares — No la despedazaré yo a ella, sino a la puerta que la encubre.

Doña Lorenza — No hay para qué: vela aquí abierta; entre, y verá como es verdad cuanto le he dicho.

Cañizares — Aunque sé que te burlas, sí entraré para desenojarte.

(Al entrar Cañizares, danle con una bacía de agua en los ojos; él vase a limpiar; acuden sobre él Cristina y Doña Lorenza, y en este ínterim sale el galán y vase.)

Cañizares — ¡Por Dios, que por poco me cegaras, Lorenza! Al diablo se dan las burlas que se arremeten a los ojos.

Doña Lorenza ¡Mirad con quién me casó mi suerte, sino con el hombre más malicioso del mundo! ¡Mirad cómo dio crédito a mis mentiras, por su [...], fundadas en materia de celos, que menoscabada y asendereada sea mi ventura! Pagad vosotros, cabellos, las deudas deste viejo; llorad vosotros, ojos, las culpas deste maldito; mirad en lo que tiene mi honra y mi crédito, pues de las sospechas hace certezas, de las mentiras verdades, de las burlas veras y de los entretenimientos maldiciones. ¡Ay, que se me arranca el alma!

Cristina Tía, no dé tantas voces, que se juntará la vecindad.

(De dentro.)

Justicia ¡Abran esas puertas! Abran luego; si no, echarélas en el suelo.

Doña Lorenza Abre, Cristinica, y sepa todo el mundo mi inocencia y la maldad deste viejo.

Cañizares ¡Vive Dios, que creí que te burlabas! ¡Lorenza, calla!

(Entran el Alguacil y los músicos, y el bailarín y Hortigosa.)

Alguacil ¿Qué es esto? ¿Qué pendencia es ésta? ¿Quién daba aquí voces?

Cañizares Señor, no es nada; pendencias son entre marido y mujer, que luego se pasan.

Músicos ¡Por Dios, que estábamos mis compañeros y yo, que somos músicos, aquí pared y medio, en un desposorio, y a las voces hemos acudido, con no pequeño sobresalto, pensando que era otra cosa.

Hortigosa Y yo también, en mi ánima pecadora.

Cañizares Pues en verdad, señora Hortigosa, que si no fuera por ella, que no hubiera sucedido nada de lo sucedido.

Hortigosa Mis pecados lo habrán hecho; que soy tan desdichada, que, sin saber por dónde ni por dónde no, se me echan a mí las culpas que otros cometen.

Cañizares Señores, vuesas mercedes todos se vuelvan norabuena, que yo les agradezco su buen deseo; que ya yo y mi esposa quedamos en paz.

Doña Lorenza Sí quedaré, como le pida primero perdón a la vecina, si alguna cosa mala pensó contra ella.

Cañizares Si a todas las vecinas de quien yo pienso mal hubiese de pedir perdón, sería nunca acabar; pero, con todo eso, yo se le pido a la señora Hortigosa.

Hortigosa — Y yo le otorgo para aquí y para delante de Pero García.

Músicos — Pues, en verdad, que no habemos de haber venido en balde: toquen mis compañeros, y baile el bailarín, y regocíjense las paces con esta canción.

Cañizares — Señores, no quiero música: yo la doy por recibida.

Músicos — Pues aunque no la quiera.

El agua de por San Juan
quita vino y no da pan.
Las riñas de por San Juan
todo el año paz nos dan.
Llover el trigo en las eras,
las viñas estando en cierne,
no hay labrador que gobierne
bien sus cubas y paneras;
mas las riñas más de veras,
si suceden por San Juan
todo el año paz nos dan.

(Baila.)

Por la canícula ardiente
está la cólera a punto;
pero, pasando aquel punto,
menos activa se siente.
Y así, el que dice no miente,

que las riñas por San Juan
todo el año paz nos dan.

(Baila.) Las riñas de los casados
como aquesta siempre sean,
para que después se vean,
sin pensar regocijados.
Sol que sale tras nublados,
es contento tras afán:
las riñas de por San Juan
todo el año paz nos dan.

Cañizares Porque vean vuesas mercedes las revueltas y vueltas en que me ha puesto una vecina, y si tengo razón de estar mal con las vecinas.

Doña Lorenza Aunque mi esposo está mal con las vecinas, yo beso a vuesas mercedes las manos, señoras vecinas.

Cristina Y yo también; mas si mi vecina me hubiera traído mi frailecico, yo la tuviera por mejor vecina; y adiós, señoras vecinas.

Fin

Libros a la carta

A la carta es un servicio especializado para
empresas,
librerías,
bibliotecas,
editoriales
y centros de enseñanza;
y permite confeccionar libros que, por su formato y concepción, sirven a los propósitos más específicos de estas instituciones.

Las empresas nos encargan ediciones personalizadas para marketing editorial o para regalos institucionales. Y los interesados solicitan, a título personal, ediciones antiguas, o no disponibles en el mercado; y las acompañan con notas y comentarios críticos.

Las ediciones tienen como apoyo un libro de estilo con todo tipo de referencias sobre los criterios de tratamiento tipográfico aplicados a nuestros libros que puede ser consultado en Linkgua-ediciones.com .

Linkgua edita por encargo diferentes versiones de una misma obra con distintos tratamientos ortotipográficos (actualizaciones de carácter divulgativo de un clásico, o versiones estrictamente fieles a la edición original de referencia).

Este servicio de ediciones a la carta le permitirá, si usted se dedica a la enseñanza, tener una forma de hacer pública su interpretación de un texto y, sobre una versión digitalizada «base», usted podrá introducir interpretaciones del texto fuente. Es un tópico que los profesores denuncien en clase los desmanes de una edición, o vayan comentando errores de interpretación de un texto y esta es una solución útil a esa necesidad del mundo académico.

Asimismo publicamos de manera sistemática, en un mismo catálogo, tesis doctorales y actas de congresos académicos, que son distribuidas a través de nuestra Web.

El servicio de «libros a la carta» funciona de dos formas.

1. Tenemos un fondo de libros digitalizados que usted puede personalizar en tiradas de al menos cinco ejemplares. Estas personalizaciones pueden ser de todo tipo: añadir notas de clase para uso de un grupo de estudiantes, introducir logos corporativos para uso con fines de marketing empresarial, etc. etc.

2. Buscamos libros descatalogados de otras editoriales y los reeditamos en tiradas cortas a petición de un cliente.

www.ingramcontent.com/pod-product-compliance
Lightning Source LLC
La Vergne TN
LVHW101934220826
846093LV00009B/455

* 9 7 8 8 4 1 1 2 6 9 9 9 5 *